윤병운 시집

작은 가슴 큰 사랑

한누리
미디어

목차

제1부 아내와 함께 살아온 길

제2부 까닭없이 핑 도는 눈물

윤병온 시집 • 작은 가슴 큰 사랑

목차

제3부 물방울 인생

목차

제4부 작은 가슴 속 큰 사랑

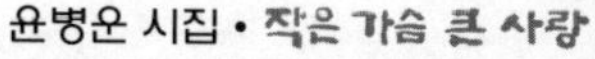

목차

제5부 과학교사의 길

제1부. 아내와 함께 살아온 길

공직생활 퇴임을 축하하며

*2004. 6

열두 달 삼십일 해
업무 속에 힘들어 했던
통계 전선 용사

이제
훌훌 벗고
자유로움에서 행복 얻은
온화한 얼굴

정신 하나로
오직
한 길로
통계 전선에서
못 다한 미련도
훌훌 털고
자유로움에서 기쁨 얻은
평화의 얼굴

이제
남은 여생길

꽃잎만 밟고
사뿐히
조용하게 살 당신에게
감사하고
감사한 마음
보내고 싶소

나는 당신의 그늘이 필요한 사람이오

*2003. 6

간밤에 불던 바람
창문에 부딪쳐
무슨 소릴 하고 갔소?

어제 저녁 내린 이슬 방울
꽃잎에 앉아
무슨 자국 남기고 갔소?

참나무 올라 앉아
밤새도록 울어제키던 소쩍새 소리
이 아침에 어딜 가고 조용하오?

분명
있었던 사실인데
지금은 왜 아무것도 없소?

그 많던 꽃잎
그 많던 열매는
폭풍우에 쓸려 나갔소?
어찌 되었소?

변화무쌍한 세상이라지만
다 가고
다 없어져도
당신과 나 사이에 사랑은
태양과 같지 않겠소

사랑하는 당신이 있었기에
내 자신도 있는 것 아니겠소

이 세상 모두 다 떠나가 버려도
나는
오늘도 변함 없는
당신의 그늘이 필요한 사람이오

나의 아내

*2003. 9

가냘픈 손끝
작은 체구에

당차게 살아온
사랑하는 아내

새벽부터
어둠 질 때까지
힘써 일하며
작은 보람 속
큰 기쁨 느끼며
손등에 보인 가냘픈 실핏줄

가을 바람 불고 있네
머리에도
가슴에도

2남 낳아 기르며
숨쉴 틈 없이
총총히 걸어온 공직 30년

아픈 다리
결린 어깨
밤새 때려도
아내가 하는 말
"시원 하다. 아? 시원해요"

갑자기
코끝이 시큰해진다

윤병운 시집 • 작은 가슴 큰 사랑

다가가기 어려운 그대 곁

마음이 쓰리고 아플 때
감히 다가가지 못하는 그대

피가 거꾸로 솟아올라 울분이 있어도
홀로
삭이면서
떠오르는 태양 보고 눈을 감는다

구름 속
흐르는 달 보고
눈을 감는다

하나가 된 두 개인 것을
두 개가 하나 된 것을
인정하고
인정해도 감히 다가갈 수 없는 그대

그러나 天地는 하나
그래서 上下도 하나
따라서 여보, 당신도 하나

그래도
금방 다가가기 어려운
나의 심정

당신의 초대

*2003. 11

구수한 냄새
부글부글 끓어 오르는 된장 찌개
情도 끓어 넘치고
사랑도 우정도 끓어 넘친다
그 속에 넘치는 풍성한 대화

빨랫줄에 앉아 있는 잠자리
빨강색 분홍색 파란색 색동저고리 산천(山川)

無想無念 속에
흐르는 세월

복잡한 마음
움켜 간직하고
떠나는 돛단배 사공

다정했던 옛 추억 속에
남았던 찌꺼기를

오늘

한 잔의 막걸리
구수한 된장 국물 안주에
사랑의 情
넘치게 한다

'사랑' 하나뿐

-- 소박한 꿈 속에 희망과 작은 행복을 바랬던 당신에게

*2003. 7. 7

내 마음 속에
당신과 함께 살아온 이 날까지

준 것도 없고
줄 것도 없는
이 처지에

그대에게 줄 수 있는 건
오직 사랑 하나뿐

여보! 당신! 자기야!

과거
미운 정, 고운 정, 섭섭한 정
다 함께 묶어
저 멀리 던져 버립시다

그저
서로

사랑하고 또 사랑하오

이제
함께 쉴
행복한 날도 오지 않겠소

미안하오

속 있는 夫婦

*1990. 12 18

네 옷과 내 옷
헌 옷과 새 옷
같은 옷일까?

'그러려니' 하고 살고 싶지만
그러지 못하는 마음 속 병

원칙과 융통성
따지고 싶은 소심증

햇빛은 따사하게
대지 위에 내려앉지만
지금 온도
영하의 날씨

해가 뜨고
대지 온도가 올라가면
너와 나의
전화 음질도 좋아지겠지

구름처럼 왔다가 없어지는 인생인데
왜
따지고
신경을 써야만 하는가?

언제
머리 속에
가슴 속에
이해, 양보하는 마음이 생겨날까?

속이 있는 부부

아내

*1990. 5. 15

理想을 향한 3차원 세계로
서로 만나
같이 한 세월 속 반려자

부족한 것 채워 주고
넘치는 사랑 넘겨 주고

죽음을 이기고 영혼의 세계에
장미꽃 피게 하는 세월 속 반려자

어려움 극복하고
이해하고 신뢰하고

반석 위에 지은 향기 있는 가정에
서로 사랑하며 살아가는 세월 속 반려자

모든 것 감춰주고
모든 것 감싸는 훈훈한 가정에
자식 냄새 맡으며
웃고 울며 살아가는 세월 속 반려자

오직
사랑하고

오직
이해하고

오직
배려하는
마음 속 연인
마음 속 반려자

아내와 현실

*2003. 5

영롱한 지적 날카로움
당신과
이 세상 무엇과 바꿀 수 있소?

세상사 다 잊고
주고픈 마음 간절한데
벌써 나도 하얀 머리
염색하기 바쁘오

짧은 세월 주워 모아
살아온 긴 세월

휴식을 갖으려 해도
아직도
저 앞산엔 고개가 있다오

산 너머 고개 위 저 구름은
어디로 가고 있소
자식 길러 보람 찾아 떠나려는 거요?
바람 따라 그냥 흘러가는 거요?

아니외다

당신 함께 만든 자리
못 다 핀 이부자리

다 펴려고
오늘도 힘든 산 고갯길
넘어서 가는 거요

아내와 함께 살아온 길

남긴 점
빨간색 점, 노란색 점, 하얀 점, 까만 점……
가슴에 간직한 온갖 점

해가 지고
달이 지고
기억도 없는 수많은 추억 속의 점
이제
망각의 세계로 던져 버리고
또 떠오르는 彼岸의 세계를 처다봅니다

사랑하는 아내
든든한 자식
정신없이
우리가 살아 온 그 길

2004년
해가 뜨고
달이 뜨고

딩굴었던 낙엽이 하늘로 솟아오릅니다
다른 낙엽도 하늘로 솟아오릅니다

한 곳에 모아진 낙엽
하얀 연기
꿈의 향기를 내뿜고
조용히 타고 있습니다

당신과 함께 한 행복

*2003. 8

하얀 꽃망울
터뜨린다
맑고 밝게 퍼지는 향기 속에
사랑으로 가득 찬 가정

비 오나, 눈 내리나
임 그리는 일편단심

그 속에 내가 있고
내 속에 자기가 있다

사랑의 끈으로
꽁꽁 묶어
소나무 옹이에 묶어
푸르른 하늘 밑에서
함박꽃
웃음꽃 피며
함께 웃자

손에

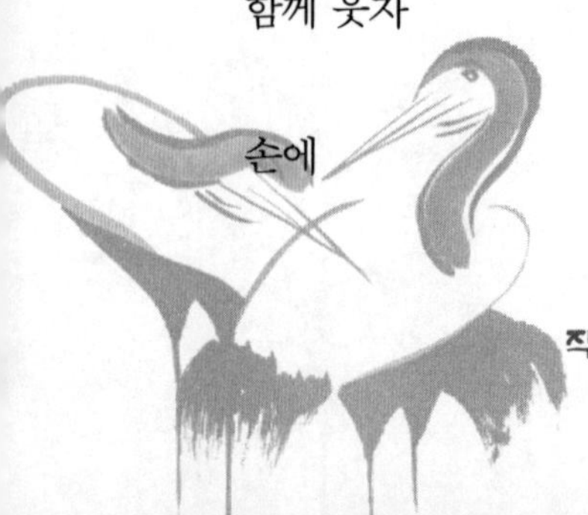

손잡고
정신없이 달려온 지난날

이제
함박꽃
웃음꽃 피우며
인생을 노래하자

당신과 함께 마시는 차

*2003. 5

혓바닥 닿는
향긋한 향기

아로나 향기
아카시아 향기
향기 속에 피어난
우정의 향기

오랜 세월 흘러
썩을 건 다 썩었지만
우정과 의리의 향기는
더욱 멀리
퍼지네

오늘도
새 향기 마시며
오가는 대화에
하루를 잊고

함께

작은 가슴 큰 사랑 • 윤병운 시집

더불어 살아온
당신 덕에

감사의 잔을
그대와 함께
부딪치고 싶소

당신이 만든 구수한 청국장

옛 정취
옛 냄새
청국장 구수한 향기

훈훈한 정 나누며
풋풋한 인연으로 쌓여진
마음의 고향

오래 전
미각 후각 앞세워
심장 속에 녹아들어
내 마음 적시는 청국장 냄새

그리운 부모형제
보고픈 일가친척
찾고픈 옛 고향 친구
연락 없는 동창생
떠나버린 직장 선후배

구수한 청국장 냄새

가득 담아
가슴 속에
퍼다 줄 수 있다면?

당신이 만든 구수한 청국장

계유년 새해

*1993. 1.

맑은 하늘에
높은 뜻을 뿜어내리라

계유년 새해
당신과 나
하나님 축복받고
聖家庭 이루어
열심히 살아 왔어요

이제
또 다시 돌아온
계유년 새해에
당신과 나는 어떻게 살아 갈 것인가?

첫 번째 사랑
두 번째 건강

내일도
오늘같이
열심히 삽시다

그렇게 살고 있더라고

-- 2003년 여름, 동해 남해 서해 해변을 돌고

먼 곳
王이 있는 궁전 그리며
여유와 낭만도 없이
우리 夫婦는 열심히 살아왔지
그런데
동해, 남해, 서해, 돌아보니
다 그렇게 살고 있더라고

강한 남자
뜨거운 뙤약볕 속에서
구슬땀 흘리며
열심히 고기 그물 끌어 올리고 있고

연약한 여인
뙤약볕 속에서
밭고랑에 주저앉아
끝없는 지평선 바라보면서
끝없는 밭일을 하고 있고
················
당신과 나 사이

있다면 있고
없다면 없지

가족의 건강이 나의 행복
나의 건강이 가족의 행복
함께
생각하며, 나누며
작은 행복을 찾아 조용히 삽시다

작은 가슴 큰 사랑 • 윤병운 시집

友情

*1990. 5.

만나서 애기하고
웃고 또 웃고
텅 빈 마음 채워 주는
따뜻한 情

같은 길 가다가
편히 쉬고 갈
마음의 레스토랑

받을 것 없으면서
줄 것을 찾는
이 세상 제일 귀한
마음의 情

내가 좋고 네가 좋아
슬플 때 위로하고
기쁠 때 나누는
이 세상 제일 귀한
마음의 情

윤병운 시집 • 작은 가슴 큰 사랑

쏟아지는 별빛 아래
축복받고
초생달 달그림자 받아
다정히 만나는
눈빛 속 대화

제1부. 까닭없이 핑 도는 눈물

까닭 없이 핑 도는 눈물

*2003. 음 9. 2

태어나
만날 사람 다 만나니
내 곁엔
헤어질 한두 사람
소리 없이 떠나가네

떠나간 사람 그리워
주위를 보면
모두
낙엽 같은 사람들

근검 절약하며
먹지도, 입지도 못하고
지나온 세월

울지 않겠다고
힘차게 살아온 세월

이제
작은 꿈 이루어

언덕에 앉아 보니

까닭 없이
눈물이 핑 도네

어머니의 情

큰 정에 울고 웃고
작은 정에 울고 웃고
정만 갖고
세상 사신 나의 어머니

있는 것 없고
없는 것 없고
정만 갖고
자식 공부시킨 큰 어머니

회초리에
고함소리에
가르침 속에
정 속에서 지식 기른
어머님 큰 교육

깊고 깊은 정성 속에
다 큰 자식들
이곳
저곳

살면서

다시 부모 되어
눈물 속에 기르신
그 마음 깨달을 때

지금도
불효자인 자식의 가슴

외할머니(明字 德字 順字)

사랑도 듬뿍
인정도 듬뿍
눈물, 걱정으로 한 세상 살으신
나의 외할머니

넘는 달도
가는 구름도
한 번 쉬어 가는 두밀리 산골

경남 창원 고향
꽃다운 청춘에 시집와
1남1녀 낳고 2남(1남 ; 양자) 기르신
나의 외할머니

사랑도 못 받고
일 속에 묻혀
아들 식구 걱정
딸 식구 걱정에

손주, 외손주 뒷바라지에

정성어린
정안수 떠놓고
무병 출세 바랐던
나의 외할머니

송구한 외손주
무한한 은덕에

행복한 세상
살아가네

셋째 큰 어머니

*1993.

물 위에 떠있는 연꽃
홀로 왔다가
홀로 떠난 큰 어머니

남긴 것 준 것 없이
사랑과 희생으로
'서로 용서하라 서로 이해하라'

보상도 없이
위로도 못 받고
이제
홀로
떠나야 할 슬픔에 잠겼네

큰 아버님 젖은 손수건
젖은 만큼의 큰 희생이 있었네

사촌 동생 고개 숙인 침묵
침묵만큼의 큰 사랑 있었네

이제
편안히
모든 것 놓고
주님 곁으로 떠나 가셨네

주여!
아주 조용히
착한 심령 거두어 주소서

*셋째 큰 어머니는 큰 아버님 새어머니로 들어오셔서 2남 1녀를 잘 기
르시고 그의 친손주 손녀까지도 돌보시다가 끝내는 배에 복수가 차서
돌아가심

윤병운 시집 • 작은 가슴 큰 사랑

주여! 용서하고 사랑하게 하소서

-- 치과 의사 이종수 교우의 죽음을 보고

*2003. 7. 5

서울치대 졸업 - 군의관 - 충무치과 개업 - 충무로 친구병원
도우미 - 왕십리 동인병원 치과개업 - 서울치과병원 개업 준
비(화곡동) - 사망(54세)

살다가
조용히 숨진 당신의 그림자
울다가
지쳐 쓰러진 당신의 추억
모든 것 가지려다
풀밭에 놓아 버린
가난한 영혼

놓아도
털어 버려도
손바닥에 남는 미련 때문에

가슴에 남는 아픈 추억 지우려고
두 손 모은다

"주여 ; 용서하여 주시옵소서"
"주여 ; 사랑하게 하여 주소서"
"주여 ; 평안과 위로를 주소서"

늦가을 바람과 겨울 사이에
홀홀히 일어선
축 늘어진 영혼 위에
새벽소리 느끼는
찬란한 後光 속에
조용히 웃음짓는 모습
가슴 속에 남는다

똑똑한 사람

*2003. 9

자신을 낮추며
마음을 내보이는 솔직한 사람
똑똑한 사람

할 소리 못할 소리 구분해서
자기 소신대로 말하는 사람
똑똑한 사람

아는 것 없다고 해도
주위에서 알아주는 사람
똑똑한 사람

항상 믿음직하게 웃고
신뢰심 있게 분수를 지키는 사람
똑똑한 사람

인정 갖고 사랑 베풀 줄 알고
가정을 잘 이끄는 사람
똑똑한 사람

손가락질 받지 않고
묵묵히 자녀교육 잘 시킨 사람
똑똑한 사람

집에서 대접받고
사회에서 칭송 받는 사람
똑똑한 사람

자기 일 잘 하고
인정받아 즐겁게 사는 사람
똑똑한 사람

아들아! 똑똑한 사람 되거라

동생들

*1990. 5.

같은 부모
같은 자궁
같은 양수에서 헤엄치다
늦게 세상 속으로 탈출하고
빨리 세상 속으로 탈출한
우리 형제들

같은 하늘
같은 지붕
같은 이불 뒤집어 쓰고

같은 밥상
같이 앉아
같이 먹다가

이젠
매일 밤마다 보고 싶은 동생들 얼굴

떨어져 살아도
건강하라고

떨어져 살아도
잘 살라고

떨어져 있어도
마음이 하나라고

그리움이 사무칠 때

오늘도
동생 생각에 목을 축인다

자식을 위한 기도

*1995. 3

꿈 속 헤매던
외로운
꿀벌 한 마리

꿀 찾아
헤매다
꽃잎에 앉았네

꽃향기
꿀맛에 취하여
긴 세월
살다 보니

어느덧 불쑥 자란 두 아들

어제도
오늘도
높은 뜻 갖고

홀로 서라고

창공에 연을 날려본다

……………………

밝고 맑게(暻) 살면서 크게(弘) 되라고
두 손 모아 빌어본다

……………………

'주여! 두 아들, 한 세상 살면서 어려운 일 없고
국가와 사회에 필요한 사람이 되도록 도와주시옵소서.'

희망을 갖고

*2003. 10

타들어 가는 마음에도
한 가지 희망은 있습니다
굵은 빗줄기 가도
다시 비가 내린다는 희망

어려움 속에서도
한 가지 기쁨이 있습니다
자식이 잘 자라고 건강하다 기쁨

외로움 속에도
한 가지 견딜 마음이 있습니다
"남을 사랑할 수 있다"는 마음

정말 나를 찾는 그날
나의 영혼과 육신을 버리는 그날
그날이 멀지 않다는 것을 나는 알고 있습니다

그래서
오늘 하루
무사히 참고 인내하고

먼 산 위에 떠있는
태양을 쳐다보았습니다

태양은 웃으며
말했습니다

"참고 견디고 이해하고 용서하고, 큰 사랑을 나눠라."

제자에게 주는 말

*1990. 5. 8.

깨닫게 하고 싶지
아는 것 다 주고 싶지

그러나
우주의 진리는 크고
우리 세상은 작아

세상 속 부족한 내가
네에게 줄 수 있는 것은
황무지 땅을
옥토를 만들고 씨를 심어서
열매 맺는 방법이야

그리고
향기 품는 보통의 꽃처럼
열심히 살기 바라는 것이야

흐르는 세월을 바라보는
바보가 되지 말고
세월 속에서

보람과 행복을 느끼는
진실한 사람으로
살아 주길 바라는 것이야

어둠의 생활보다
밝고 환한 생활 속에
날마다 새롭고
날마다 재미있고
행복한 삶을 살기를
마음 속으로 바라는 것이야

나는 홀로 너의 흘러 갈 모습을
쳐다보고 있지
너는
항상 어디서나
어느 곳에서나
너의 발자취를 뒤돌아 보길 바래

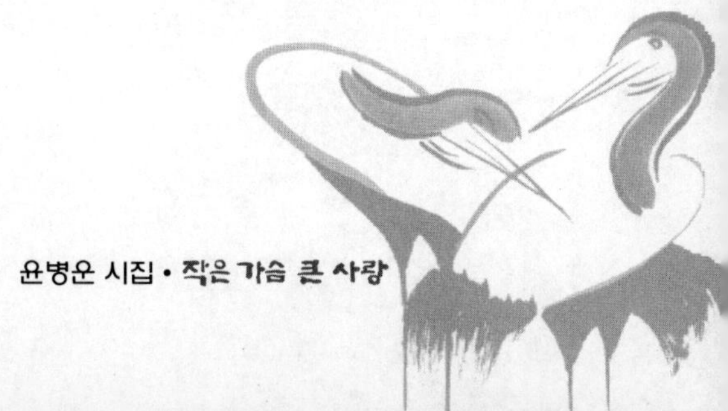

노방초(路傍草) 인생

*1990. 6. 2.

까만 머리카락 사이에
비비고 솟아나온 하얀 실밥이
어느새
한 뭉치 파뿌리로 변했다.

매일같이
목줄에 핏발 세워 떠들어 보지만
이때가
인생의 봄인지? 가을인지?

한숨과 눈물과
후회와 반성
가슴에 쌓으면서 흘러간 세월

누구도
알아주지 않는
노방초 인생

그러나
내 주머니 구석구석

사랑, 인내, 긍지
가득 담고,
가는 데까지 가야만 한다

꽃필 때까지
열매 맺을 때까지
최선을 다하며 걸어 나가자

욕심 때문에 간 자동차

생명의 철광석
환생된 친구
나와 너의 一心同體

아무 말 없이
봉사 희생하면서 함께 살아온 진정한 친구

이제
나 때문에 너를 버렸다
욕심 때문에

아무 말 못하고
너를 버렸다

버려진 너
압축기에 눌려
가야만 한다

수많은 세월 속
많은 사연과 비밀을 간직한 너

한 마디 말도 없이
너는 가야만 한다

나의 욕심 때문에

윤병운 시집 · 작은 가슴 큰 사람

학생 가출

*2001. 4.

네가 나감에
심장 피 거꾸로 돌고
온 세상 허무하게 만든
그날 그 사건

네가 나감에
부모 가슴에 비수 꽂고
쓰라림에 지쳐 울게 만든
그날 그 사건

네가
세상물 맛 보며
돌아다닐 때
너의 부모는 그리움과 애통함에
몸을 틀었다

너의 가출
죄책감 쌓이고 쌓여
멀어져 간 孝心

탕자의 비유처럼
돌아온다 해도
씻을 수 없는 영원한 불효자

네가 어른 되면
비로소
부모 참뜻 알지 않을까?

땅강아지 같은 인생

물결 잔잔한 연못 뚝방
이리 저리
밤새 파놓은 지하 터널 속
한 마리 땅강아지 인생

구멍 뚫고
먹이 찾아 헤매고
진리 찾아 헤매고
정의 찾아 헤매었는데

밤새 커진 물구멍
막을 길 없네

둑 터진 물난리
혼돈 속에 혼돈

너 죽고
나 죽고
모두가 이별

터놓고
열어놓고
마음의 창 열어놓고
가진 것
다 버리면

세상의 평화
나의 행복

어둠을 찾아 헤매는
땅강아지 같은 인생

만남과 헤어짐

*2003. 9

흐르다 만나서
같은 물 속에서
10년, 29년, 30년, 같이 있다가

제 갈 길 찾아 떠나는 사람

어떤 이는 죽어 떠나고
어떤 이는 생이별로 떠나고
어떤 이는 병들어 떠나고

그렇게
너도 나도
다시 어디 메인가
떠나야 하는 나그네 인생

만날 날
기약도 없이 떠나간 사람

왠지

먼 훗날

만날 수 있다는 마음에 속아
하루가 가고
또 하루 해가 진다

기억이 흐려지는
재미있던 옛 추억들

떳떳한 삶

*2003. 11

위선의 탈이 벗겨지는 날
보이는 것은 아무것도 없네

밝은 태양을 바라보며
빛을 쫓는 사람 속에

미움의 추태
검은 모략
불타는 복수
치밀한 계략
선정적인 못난 장난
허풍과 중상 속 악랄한 마음
지옥 불 속의 장난
하나님의 분노

마음의 평화
화목한 사회
사랑 속에 하나
용서와 이해로 한 몸 되어 맡은 직무에 충실하면
그것이 하나님 앞에 떳떳한 삶

제3부. 물방울 인생

물방울 인생

*2003. 5.

비온 뒤 물방울 송송 맺힌 곳
뽀얀 안개 속
연초록색 띤 아기 잎사귀

떠오르는 햇빛에
몸 움츠리고
내일 꿈 간직한 욕망 덩어리
맑고 영롱한 물방울 하나

그러나
떠오르는 햇빛

이뤄 논 꿈도
사라질 순간을 위하여
잎사귀 끝에서 망설이고 있다.
땅으로 떨어질까?
하늘로 날아갈까?
바람 불어도 영롱한 물방울 붙어 있다

40, 50년대

포탄 껍질 탄피 통 주워 間食한 우리 세대

불모지에 간신히 심어 가꿔 논
풀잎 끝에 붙은 맑은 물방울
그것처럼 살아온 우리 세대

물방울로 바위 깬다는데……
세월이 걸리겠지

바보처럼 사는 삶

*2001. 5.

1등보다 나은 2등
상류보다 나은 중류
너는
바보처럼 살아라

똑똑한 척하면
권력과 돈과 명예는
멀리 사라진다

겸손과 사랑
낮춤에
높음이 있다

남이 알아 줄
그날이 오면

너는
정신적
태양이 되리라

정직과 봉사
사랑과 정의가
너를 부른다

옳고
그름은
神의 판단에
맡기고 살라

밤송이처럼 사는 세상사

*2003. 9.

다 열리는 세상
다 떨어지는 세상

미풍에 흔들려
열려지는 세상사

영의정 1톨 맛있는 밤
좌의정 1톨 벌레 먹은 밤
우의정 1톨 썩은 밤

밤송이

까려면
피가 나고

놔두면
스스로 열리는 밤송이 인생

잘못도
잘한 것도

따지지 말고

참고 이해하면서
세월을 낚으면
스스로 열리는 밤송이 세상

진리를 알자

윷놀이 삶
-- 장모님 74회 생신

*1993. 1. 11.

공중에 뜬 윷 3개
땅에 떨어진 윷 1개

뒤집어졌다. 도, 개
엎어졌다. 걸 윷 모
말판 속에 옮겨 논 전략과 작전
먹히고
먹고
뒤쫓고
가로 막고
이것이 윷놀이 인생 아닌가?

가는 길은 많지만
머리 짜서 말을 옮겨라
지름길은 없다

오늘 삶
개냐?
걸이냐?

개는 개가 갈 길이 있고
걸은 걸이 갈 길이 있다
한 번 떨어진 윷판
변화는 없다
예측하고 지혜를 짜라
지고
이기든
현실에서
기쁨과 낙망의 축배를 높이 올리자

이 사회는

*1992. 3.

진흙탕 속
참호전투

물고
물리고
뜯고
뜯기고
그 속 고개 내밀고 숨쉬는 청개구리 인생

고개 들어
눈까풀 깜빡거리고
이리 뛸까?
저리 뛸까?

먼 산
바라보니
맑은 공기
가슴에 밀려 오는데……

다리에 묻은 진흙

뗄 수가 없네

해가 솟아오르면
그때는
그때가 언제일지?
그때 뛰어야지

청개구리 인생
부끄러운 자신에게 눈을 돌려라!

봄풀 속의 인생

*2004. 3.

초봄 아지랑이
부끄러워하며 옷을 벗는다

검고 칙칙한 옷 벗고
노랑꽃, 빨간 꽃으로 옷으로 갈아입는다

노랑꽃도 땅에 인사하며
살그머니 입장한다

빨간 꽃도 하늘에 인사하며
사뿐히 다가선다

하객도 많다
풀들의 하객이 제각기 이슬방울 선물 안고
꽃들의 축제

받은 만큼
땅위 적시는 봄날
아침 새벽 이슬

봄볕 전쟁과 싸워
땅 위 눈
땅 위 얼음
다 죽었고
봄날 대지 위에
아지랑이 피운다

승전가를 부르는 냉이, 쑥, 꽃다지
이름 모를 풀들

그 속에 알 듯 모르듯 지내는
또 하나의 사람 풀

승리자의 길

*2003. 11.

살아 숨쉬고 있는 지금 이 순간
용서하라! 사랑하라!

실 끝 옭매어 풀을 수 없는 현실
먼저 사랑하라! 아주 큰 사랑
용서 받으리……

두 눈 똑바로 뜨고
주님 향해 당당히 걸어라

아픈 이 몸
내일이면 나으리

혼돈된 정신
내일이면 맑으리

지금부터
이 순간 사랑하고

오직

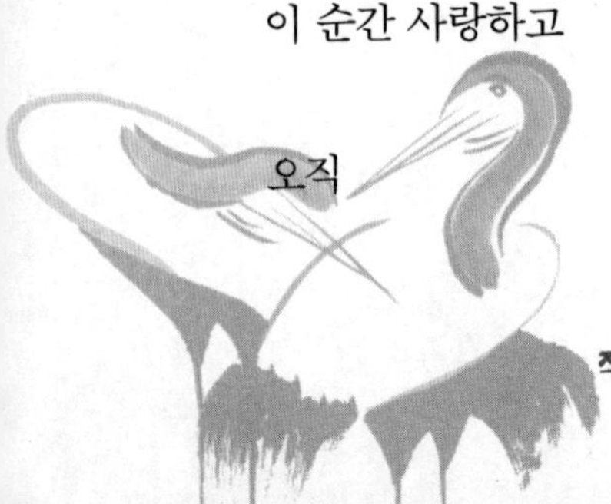

작은 가슴 큰 사랑 · 윤병운 시집

주 예수의 품 안에서
열심히 뛰어 놀아라

믿고 또 믿으라
평화가 온다

주 예수 앞에
당당히 나가라

주님께서 너를 거두리

소낙비

*2003. 7.

햇빛 따라온 검은 구름
무더위 뒤에 장마비
한 번 쏴?
퍼붓고
방긋 웃는 얼굴
그리고 또
쏴?

땀방울 빗방울
젖어든 옷

콩 볶는 소리
탁탁 튀는 물방울
남방에서 온
거칠은 손님

바다에서 산까지
이 끝에서 저 끝까지
물 몰고 다니며
한 번 쏟을 때

푸른 강물
벌겋게 변하고
그 위에
목 내민 돼지 한 마리

용의 갈라진 혀 끝
출렁이는 물살

그 강변에
잉어, 피라미 튄다

손때 묻은 물건

*2003. 12. 13.

손때가 그립다.
20대부터 쓰던 손때 묻은 물건
쓰레기와 함께 날아가 버렸다
어디론가 가 버렸다

새로 구입한 물건
또 내 손때가 묻어 버릴 즈음
그때엔
내가 버려지겠지
아주 공중으로
날아가 버리겠지

자연 속으로
우주 속으로

아껴 써야지
아껴 쓰지 말아야지
어차피 버려질 물건
어차피 버려질 육체

마음도
물건도
다 찢어져

걸레가 되어도
폐품이 되어도

함께 했던 추억
우주에서 보겠네

수확 시기 놓친 열무

*2003. 6.

열무김치에
국수 말아
들기름치고
후루룩 먹고 마시고파
열무 씨앗 들녘에 뿌렸네

수확 시기 놓쳐
며칠 후 갔더니
보랏꽃 피어
그 위에
노랑나비 나풀거리네

강한 바람 이겨낸
까실까실한 대궁

열무씨 맺으려 하네
먹지 못하는 열무 채소

그럼
바보야!

처음부터
무씨 심지

모두 다 내 탓인 걸
모두 다 내 과거 탓인 걸
모두 다 내 게으름 탓인 걸

걷고 있는 이 길

*1990. 5. 23.

말없이 다가오는 시간
말없이 흔적만 남기고 간 세월

사랑도
우정도
꿈도
인생의 낭만도
돌 밑에 눌려 있어
어쩔 수 없는 나의 생활

그 속에서
인생의 행복을 음미하려고
산과 물을 찾아본다

힘든 세월
말없이
다가와서
흔적만 가슴에 남기고
또 흘러만 간다

나는
지금 생활 속에 몸을 던져
혼돈 속의 질서 찾아
한 잔의 막걸리에 목을 축인다

그리고
정해진 시간마다
끝이 닿는 줄도 모르고
떠들어댄다

지금
이 길을 묵묵히 걷고 있다

옛 향기 그리며

*2003. 9.

흙탕물 속에 노 저어
건너가고 싶은 강건너 동네

쪽배 타고
뒤짚이면 쓸려 내려가
진흙탕 속에 숨 거두겠지

청춘을 보내고 생각해 보니
빨강 세상, 파란 세상, 녹색 세상
그때가 그리운 걸

이제부터
어드메인가
흘러가는 진흙탕 속에
헤엄칠 수 없는 가난한 마음

바뀐 세상
다 푸르더라도
지금 나는 색맹 되어
안개 낀 그 속에

옛 향취 맡으며
홀로 걸으리

가을인지, 봄인지? 겨울인지
나는 느낌으로, 몸짓으로
세상사 얘기한다

인공위성 별과 막걸리

*2003. 9.

스잔한 가을 하늘
청천 하늘에 떠있는 별들의 향연

높은 가을 하늘
길고 긴 은하수
별꽃 자랑대회

별꽃 사이 인공위성
반짝이고
홀로 움직이는 기만성 위성

나는야
막걸리 잔 높이 들어
잠깐 왔다 가는 세상에
떳떳하게 살자고
비굴하지 말자고
김치 조각에 막걸리 마신다

인공위성
별꽃 중에 한 별 되어

가면 쓰고 돌고 있지만

나는야
네 옆에
희미한 달 친구 되어
네 심장에
막걸리 먹여
취해 주고 싶구나

소각될 인생

*2003. 11. 2.

찬 공기에 밀려
여름은 가고

찬 바람
귓가에 스치는데
떨어진 낙엽하고 말하고 싶다
떨어진 낙엽을 사랑하고 싶다

그냥
나둬도 밀려 흐르는 인간사

왜
미워하며
증오하며
이마에 줄을 긋고 살고 있을까?

바람도
물결도
세월도
인생도

다 흐르는데

흐르는 것 아껴 쓰고
사랑해야지
사랑해야지
또
사랑해야지

그리고
자신을
태워 버려야지

바보스런 나의 삶

바보처럼 살면
메말라져 가는 영혼의 이슬

하지만
부끄럽지 않은 삶

아름다운 영혼과 육신
바람이 세차게 불어
창문을 두들겨도
눈보라가 세차게 눈앞을 가려도
폭풍이 해일이 몰아쳐 와도
내 나름대로 살아갈 거야요

진보도 아닌
편향된 생각 속에 생활하는 사람
하나님 큰 사랑 아니잖아요?

언젠가 나는 조용히 뜰 거야요
바보처럼 웃으면서

아주 당당히

인주처럼 사는 삶

묻히면 묻게 하리라
닫히면 닫혀 삶을 노래하리라

더러운 도장에도 묻히고
깨끗한 도장에도 묻히리라

내 마음 속 빨강 피, 파란 피

짧은 인생사
외로운 길에서
나름대로
제 몫대로 살아온 나

항상
그 자리
그 곳에서
삼십여 년동안
자리 지킨 죄 없는 인주

수천, 수만 번

찍고 찍어서
만신창이 된 내 인주

상처입고
조용히 갈 길 찾아
조용히 묵상하는 내 인주

그래서
찍으면 묻히리라
찍으면 묻히리라

제4부. 작은 가슴 속 큰 사랑

떠나간 시골집 주인 소식 없네

창문이 바람에 닫혔다 열렸다
쥐새끼 장난치는 소리
헛간에 매달린 소 등받이는 썩어 가는데
주인님은 소식이 없네

앞마당 앵두나무 꽃 피고, 꽃 지고
산 속 샘물에서 흐르는 호숫물 소리
소죽 끓이던 가마는 기울어져 가는데
말없이 떠난 주인님 소식이 없네

흙벽돌 뒷간에 재는 없는데
밤새 뒷산에서 울어대던 소쩍새 소리
벼락 맞아 쓰러진 참나무에 버섯은 돋는데
아무 말없이 떠난 님은 소식이 없네

뒷담 타고 올라가던 더덕 뿌리는 물이 괴는데
나무 위에 웅크린 청개구리 우는 소리
앞 텃밭 고구마밭은 노루 노는 운동장인데
미련 버린 주인님 영영 소식 없네

해가 가고 달이 지고
세월이 흘렀어도
영영 가 버린 주인님은 소식이 없네

끊는 것도
좋은 인연이겠지?

아주 안 보면
시원하겠지

비정한 초가집 주인

황폐해 가는 농촌

*2003. 9.

메뚜기 들에서 뛰고 있소
돈 없어 판 어미 염소
새끼 염소 젖 달라고 울고 있소

탄저병 걸린 고추
매달려 있고
벌레 먹은 배추 잎사귀
말라 죽고 있소

수해 끝에 목숨 건진 파
노랗게 되어 간신히 대가리 들고 있소
세 번씩 한 시금치 모종
이제 바늘 같은 싹 보이오

논엔 물 빼서 추수를 하려지만
냉해에 반타작도 못하고
비료값도 건지기 어렵다오

우체부 아저씨 던지고 간 종이 조각
농협에서 농가 빚, 농약 값 갚으라는

토지 가압류 독촉장
기약 없이 커져만 가는 농가 부채
언제까지 피고름을 짜야 되나요

개짖는 소리가 간간히 들리고 있소
밤알 떨어지는 소리 들리고 있소

포도가 익고 있소
은행을 따오

도대체 농촌은
희망이 있소?
없소

향나무

*2002. 8.

흘러간 세월
자란 향나무

껍질 벗기면
하얀 목질부 내보인 향나무
古木 향나무

잔잔히
풍기는 고향의 향기

날카로운 칼끝
갈기갈기 쪼개져
향로 속으로

은은히 피어 오르는
고향의 향기
온 방안에 가득하다

그 향기
악취, 마귀도 없앤다

말려서
얇게 쪼개져
재로 변하면
방안에 가득한 향

나도 그렇게 살고 싶다

천렵

*1990. 7. 15.

건져진 민물고기
준비된 고추장 양념들 속에
푸욱 끓여진
얼큰한 맛
민물 매운탕 맛

곁들인 막걸리 한 사발

건져진 민물고기
준비된 밀가루 반죽
고기에 묻혀
기름 속에 튀겨낸 빠삭한 맛
민물 튀김고기

곁들인 막걸리 한 사발

부는 개울 바람
시원한 바람
시원한 목구멍

매운 민물 매운탕 먹고
튀긴 민물고기 먹고

함께 웃고
함께 즐기는
뜻 있는 모임
천렵이라네

불암산 약수터 물맛

*1993. 2.

불암석골
조르륵 떨어진 물방울

그 물맛이 좋고
그 공기가 좋아서

새벽별 돌 밑에서
물맛을 보네

오장육부
젖어갈 때
시원하게 느껴지는 만족한 쾌감

불암산 약수터에
물동이 이고
몰려오네

위하자 건강
느껴보자 시원한 물맛

세상의 물맛

작은 가슴 큰 사랑 • 윤병온 시집

1993년을 맞이하여

*1993. 1. 5.

나의 몸 속에
끓어오르는 正義

비틀어져 흘러가는 교직 풍토
컬컬한 막걸리에 목젖 축이는 즐거움 때문에
오늘도 기쁨 속에 살고 있다

비틀거리는 현실 속에도
삶의 목표는 뚜렷한 것

내일도
아주 먼 훗날까지도

아름다운 삶
노래하고
정의로운 사회
마음에 담고

죽는 날까지
힘차게 살아가리라

윤병운 시집 · 작은 가슴 큰 사랑

1994년 새해의 각오

*1994. 1.

인생 行路에서 울고 웃고
웃고 울으면서 살아간다

1993년
눈물 속에 웃음을 머금고
주어진 한 해를 보냈다

달면 삼키고
쓰면 내뱉는 조직 속에서
묵묵히 한 해를 보냈다

이제
절대자이신 하나님의 품안에서
사랑과 봉사를 실천하며

또 다시 떠오를
찬란한 동해의 태양을 바라보며
미래의 꿈과 희망을 갖고
아름다운 삶을 살아가련다

2003년 가을

*2003. 8.

온 국민 몸과 마음
희망까지도 휩쓴 태풍 매미

가혹한 매미 날아와
콘테이너 집 선물하고……

이제
하늘이 열리는 맑고 높은 계절
잠자리 춤추는 계절

산은 붉게 물들고
은행잎은 떨어지고 흩어지고

초저녁 하늘에 떠있는 1등 별 옆에
휘영청 떠오르는 보름달

서늘한 바람
귓가에 스치는데

이제

윤병온 시집 · 작은 가슴 큰 사랑

사그러지고 있는 정열과 의욕

교회 종탑 위 빨간 십자가
"주여!
열심히 최선을 다하여 살아왔습니다
지금까지 보살펴 주신 은혜 감사합니다"

"주여!
정의를 외치고 불쌍한 사람을 돌보는 기적을 주시옵소서
현재 삶에 감사하는 마음을 갖게 하시고
나를 미워하는 사람도 사랑할 수 있는 기적을 주시옵소서"

"주여!
내 마음 깊은 곳
하나님의 큰 사랑
갖게 하시옵소서"

5살 때 나의 생활 · 1

*2003. 7.

물장구치며
미역감던 산 밑 웅덩이
대님 끈 풀고
바지, 저고리 풀어 제치고
검정 고무신 나란히 놓고
풍덩 물 속으로 곤두박질한다

깊은 곳 지날 땐
물 속으로 헤엄치고
긴 한숨 내뿜으며
고개 쳐들면
이쪽에서 바라보던 저쪽이 이곳

솜바지 무릎까지 올려 감아놓고
쑥대 뽑아 긴 뿌리 골라
올가미 만들어
뒤뚱뒤뚱 개울 물살 헤치고
미꾸리 목에 살짝 걸어놓고
쑥대 잡아채면
발버둥치는 수수미꾸라지 한 마리

고무신 속 잡은 미꾸라지 한 마리
도망치지 못하게
풀잎으로 덮어 둔다

5살 때 나의 생활 · 2

머리 위로 쉴 새 없이
날아다니다
잠깐 나무 위에 걸터 앉은 고추잠자리
살금살금 다가가 손가락 돌리면
고추잠자리 머리 빙글빙글 돌리네

어지러운 고추잠자리 정신없을 때
뒤로 손 돌려 꼬랑지 잡으면
그때야 날아가려고
날개짓하는 고추잠자리

손가락 사이
고추잠자리 끼워
온 동네 돌아다니다
풀대궁 꺾고
고추잠자리 꼬랑지 끊어
풀대궁 고추잠자리 배에 넣고
시집 장가 보내면
창공으로 치솟는 고추잠자리

땅에서 날을 수 없는 불쌍한 고추잠자리

늦은 저녁 어두움 다가오면
개울물 흐르는 소리
초저녁 우는 '씹족' 새 소리에

긴 논두렁 끝 ㄱ자 초가집 향해 뛸 때면
동네 개 짖는 소리
동네가 시끄러워
區長님 외손주 오는 모습 쳐다보고서
두 손 뒤로 하고 등을 돌린다
"할멈, 애 밥 준비해 두소
원 저렇게 분주해서야… 녀석 같으니라구"

그림자 인생들

*2003. 10

삶의 길목
뒤안길에서

사랑 없이
미움만 가득한
정감 없는 그림자 인생

사랑은 없고
오직 미움과 원망뿐
가면과 자만 속에
불평 가득한 그림자 인생

사랑 속에 진실
진실 속에 믿음
믿음 속에 신뢰
신뢰 속에 우정

주고픈 사랑
받고픈 사랑

윤병운 시집 · 작은 가슴 큰 사랑

정의와 진리 속에
마음의 평화

선한 눈으로
겸손한 마음으로
넓은 세상 바라보라

장미꽃 같은 열정
환한 얼굴에
평화 깃든
너의 마음
영원하리라

작은 가슴 큰 사랑 • 윤병운 시집

水害

-- 태풍 매미

*2003. 8

하늘이 뚫려
구멍이 났소

진흙탕 물 속에
닭, 돼지, 소
水葬 되었소

들판의 농작물
사람 사는 집
모두
뒤엉켰소

흐를 눈물도 메마르고
입술도 검게 타서
찢어진 가슴
내놓을 힘도 없소

배고파
할 말을 못하오

윤병온 시집 • 작은 가슴 큰 사랑

우는 애기
엄마 등 뒤에서
젖 달라 보채고 있소

사람과 자연
惡緣이오
하늘의 뜻 알고 싶소
주님의 뜻 알고 싶소

작은 가슴 속 큰 사랑

습한 공기에
답답한 마음

터질 것 같고
역겹게 느껴도

큰 사랑 앞에 정의는
꿈틀거리는데……

하나님 앞에 無
세월 속에 無
얼마 후
보이지 않는 망각 속 事實

겨우 남는 것
초라한 뼈 골격 뿐

살아서 기쁘게
죽어도 기쁘게

훈훈한 마음
가득 찬 큰 사랑

작은 가슴에 담아보자

가평 두밀리 생각

긴 울음 끝
짧은 맺음
산과 골짝 메아리친
삶의 고향

천지개벽 후
맑은 공기 마셨던
논두렁 옆 초가집

개울물 흐르고
도랑물 졸졸졸

굴뚝에서 품어 나온 흰 연기는
쌀 씻는 아주머니의 고운 마음

저녁 밥상
구수한 된장
찜쪄 놓은 피라미

밥 한 술 넘길 때

윤병운 시집 · 작은 가슴 큰 사랑

마당 누렁이는
꼬리치며 쳐다보았지

밤엔
뒷동산 부엉이도
열심히 울어대고

앞산 소쩍새도
해 뜨는 줄 모르고
울어댔었지

지금쯤
내가 태어난 고향 가평 두밀은
많이 변해 있겠네

가을

*2003. 9.

찢어질 듯 울다가 숨 고르고
다시 울어대는 귀뚜라미 소리

밤하늘 은하수
별똥 불꽃놀이
가을꽃 축제

덩굴에 매달린 다래랑 머루
나무 위에 매달린 대추와 밤
미풍에 살짝 웃는 코스모스 꽃
새벽 이슬 먹고 쉬고 있는 메뚜기 눈동자
들녘에 물결치는 벼들의 율동
빨갛게 물들인 고추밭 행열
가을 국화 꽃 향기 온 동네 퍼진다

새벽별 아래
살며시 들어오는 서늘한 바람
까맣게 탄 가슴, 멍든 내 가슴에
가을 꽃 활짝 핀다

2002년 正月 초하루 새 아침과 옛 친구

*2002. 1.

아침이 왔구려
2002년 새 아침이 왔구려

눈을 떠서
하늘 보니
어제 아침 같은데

나는 왠지
이 아침이 두렵고
쓸쓸한지
나도 모르오

내 마음은
한결 같은데
육체는 피곤만 하오

쓸쓸한 텅 빈 마음
채워줄 이도 없고
답답한 마음
풀어 헤쳐 놀 곳도 없는데

오늘 아침 해는
또, 떠올랐소

가슴에 비수라도 꽂고
쓰러지면 어찌하겠소

그래서
나는 부른다오
옛 친구를
그리고 해질 때까지
옛 이야기를 하고 싶소

고교 동창 모임
-- 중국성 맞은편 진미정에서

*1992. 3

네가 누구더라?
나는 나인데

흰 머리 희끗
대머리 번쩍

네가 누구더라
나는 나인데

어디 다녀왔냐?
무엇하고 살았는지

옛 모습 뜯어 봐야
생각나는 친구 얼굴들

그래
그래
나도 나도 변했다

너와 만나
옛 이야기
하자는데

구름과자 몰래 먹던 이야기하자
부시기 쪼던 이야기하자
두꺼비 잡던 이야기하자
호떡, 튀김 먹던 이야기하자
남산 도서관에서 공부하던 이야기하자

밤새도록
이 밤을 아름답게
이야기로 꾸미자

고모(윤정열) 빈소에 다녀와서

*2004. 3. 1(춘천)

한숨이 뿌얀 안개 되어 퍼져 나가고
가슴 속에 자식들 보듬어 두고
눈보라치는 겨울 혹한 흙벽돌집에서
어린 자식 키우며
90평생 사셨던 나의 고모

서울, 캐나다
멀리 떠난 자식 생각에
그리움에 북받쳐 울다
한숨으로 사셨던 고모님

백만석 논밭 다 날려 버려도
鄭 서방 귀신 되어 90생애 살면서
아무 말 안 하시고
11남매 낳아
끝까지 남은 4남 1녀 돌보며
외동딸 그늘에서
조용히 계시다 돌아가신 고모님

이미

하늘나라에 간 친정 오빠
4명 남동생 보고파서
친정 식구 부르다가
나의 아버지 동생 영혼 붙잡고
즐거워 하실 고모님

어려움 겪고
고통 이겨내고
인생 승리 얻어
하나님 곁에서
승전가를 부르신 고모님

고모님
편안히 쉬소서

제5부. 과학교사의 길

과학교사의 길

*1993. 9.

호기심의 덩어리
대자연의 질서
변화하는 대자연의 이치

자연의 일부
우주의 주인공
나
그것 파헤치려다
자연철학
보존(保存), O(零), 균형(均衡), 변화(變化), 법칙(法則),
평형(平衡) 알았네

이제
그 진리 알리려고
백묵가루, 실험기구
만지면서
초롱한 눈망울
바라본 지
어언 20년

路傍草 20년 생활에
허전한 마음

보이지 않으면서
느낄 수 있는 자연의 신비를
어떻게 설명할까?

오늘도
안타까운 마음에
하루를 보낸다

윤병운 시집 · 작은 가슴 큰 사랑

교사의 보람

*1993. 9. 4.

잘 커서
훌륭한 사람 되라고

두 손 모아
눈물짓는 나의 사랑

너와 내가
서로 바라고
너의 성장 지켜본다

내가
걸어온 길은 길고
갈 길은 짧지만

칭찬과
격려와 인정으로
무한대 사랑 속에
자라난 한 그루 나무

과거

통나무에 붙은 잔가지 짤려서
이제
새 재목 되어 새 집 질 때

먼 곳에서
혼자
웃음짓는
初老의 교사 인생

교직자 생활 20년

*1993. 1.

찬 바람
비바람 속에서
늘 간직하고
살아온 사랑과 봉사

보람 꿈
간직하고
사랑 실천 먹으며

몸을 던진 교육자 생활 20년

어디멘가
자라온 새싹 눈망울
쳐다보며

온몸으로 손짓하며
한 알 밀알
땅에 심었다

꿈도 주고

사랑 주고
가진 것 다 주어서

양심과 도덕 앞에
사회와 민족 앞에
부모와 친구 앞에

떳떳하게
나설
큰 기둥 되라고
오늘
두 손 모아 기도하고 있다

교사의 일과

*1990. 5. 8.

가르치고
훈육하고
작은 씨앗 바라보며
새벽길 나선다

대나무처럼 살라고
소나무처럼 살라고
입가에 묻은 침 닦으며
오늘도 손끝에 백묵 가루 묻힌다

사람 道理 하라고
사람 노릇 하라고
이마에 흐른 구슬땀 닦으며
오늘도 손마디에 백목가루 묻힌다

오랜 세월 흐르면
열매를 맺을까?

오랜 세월 흐르면
향기를 뿜어낼까?

윤병온 시집 • 작은 가슴 큰 사랑

보이지 않는 미래
희망을 갖고
보람을 느끼며
오늘도 만족한 마음으로 퇴근을 한다

나의 아버지 · 1

점, 점, 점
흰 백지 위에 까만 점들의 연결 線
線 속에 点 하나
우리 아버지 尹幸洛
호탕하시고
자상하시고
자애로우셨던 나의 아버지

눈보라 혹한 속에서
방범대원 딱따구리 아저씨
길 안내 고맙다고
집까지 데려오셔 대접하신 나의 아버지

친구와 싸움에서 져서는 안 된다고
다시 싸움 붙이고
망보셨던 나의 아버지

중1 영어단어 밑에 한글로 썼다고
박박 영어책 찢어 버리고
새 책 사주셨던 나의 아버지

일제시대에 수의과 졸업하시고
한 길로 살아오시다가
군정시절
반공분실에서
온갖 위협과 고문 속에서
괴로워 하시다가
24년 정든 강원도청 축정과 사직서 제출하고
서울로 올라오신 나의 아버지
서울 길음동 시장 골목에서
자식 걱정하며
뜨거운 해장국에 막걸리 마셨던
눈물 속에 간직된 나의 아버지

나의 아버지 · 2

청량리 시장에서 길음동 시장
고추 배추 후추 가지 파셨던
피눈물의 나의 아버지

제일농산 상무이사
경기도 부평 백마장 동네
오토바이 끌며 돼지 우리 찾아
돈콜레라 주사 놓으셨던 公獸醫師 나의 아버지

문둥이촌 촌장 만나
술 한 잔 주고받고
양계장 방역에 최선을 다하셨던 의리의 아버지

병들어 쓰러졌던 소 개 돼지
주사 한 방에
병든 동물 벌떡 일으킨
신비의 名獸醫이신 나의 아버지

고혈압 심근경색증 고통 속에서
병들어 자리에 누워 처방전 내리면

조제실 약탕기 콩콩 찍어
외롭게 투병하신 나의 아버지

일진가축병원 정리하고
서울 장남집에서
이 병원 저 병원 찾아다니며
웃음을 잊어 버린 나의 아버지

나의 아버지 · 3

어찌 말할까?
어찌 말할까?
외로운 투병 속에서 생활하시다가
조그만 장남 집에서 조용히 눈 감으셨던 나의 아버지

울고
울고 또 울어도
하나님 품안에 곱게 모시고
요셉 이름 얻어
교회 묘지에 묻히신 나의 아버지

아들 딸 3남 2녀 험한 세상 남기고
손주 8명 손녀 2명 탄생시키고
저 세상 어느 곳에
활짝 웃음지고 있을 나의 아버지

모든 고통 다 이기시고
인생 승리의 깃발을 꽂아 주신
아버지 아버님
고이 잠드소서

기러기 호곡(號哭)

*2003. 11. 3.

비린내 나는
풋콩
꼭꼭 씹어
마음 속에 넣고

하루하루 보낸
수많은 시간
이제
껍데기만 남은 까만 얼굴

콩깍지
서리에 썩어
꾸정물 흐르는데
저 멀리
보이는 희미한 반딧불

뒤돌아보지도 않고
앞으로 나가는 자동차 경적소리
고장난 제동장치

그림자는
점점 물체로 형상화 되는데
지금은 어쩔 수 없는
서부활극의 연기자

마른 땅에
비는 올 생각도 없이
하늘의 기러기는
號哭하고 있다

솜바지 저고리의 산 소년

*2003. 12. 23.

꽁꽁 대지 위
무서리가 피었다
바람도
귀밑에 씽씽 달린다

움추린 몸과 추운 마음이
심장을 짓누른다
모두가
가난했던 그 시절
생각이 난다

산에 올라
솔나무잎 갈구리로 긁어
새끼줄로 꽉꽉 매
지게 지고 내려온
솜바지 저고리의 산 소년

손이 트고
발이 트고
물집이 터져

꽁꽁 얼고 녹아
아려서 눈물 닦아대던
검정 솜바지 저고리의 산 소년

앉은뱅이 스케이트
씽씽 논 위를 달리고
논둑가에 피어놓는 모닥불 불똥
솜바지에 튀어
종아리 타는 줄 모르고 줄거워 했던
검정 솜바지 저고리의 산 소년

이제
처, 자식과 식탁에 앉아 담소하고 있다
"아빠 내일 자동차 검사일이야요?"

겨울 더덕 캐기
-- 두밀 더덕 캐러 가서

*1992. 1

양지 바른 터
더덕 냄새
화– 악 뿌리고
줄기차게
꼬불꼬불

꼬이면서
살아온 너

세월 흘러
겨울 산 속

된서리 맞아
흰 줄기만 남기고
찬 바람 맞으며
깊은 산 속에서
뿌리박고 살아 온 더덕

이듬해

다시

새싹
건드리면

화— 악
더덕 냄새 진동하네

더덕처럼
살아온 인생사
흙냄새 먹고
풀냄새 맡고

더덕처럼 살아가자

경춘선 추억

철길 생각
경춘선 추억

푸른 꿈 빨강 소식
마음에 담고
기적소리 따라 서울 춘천 오갈 때

부딪칠까 다가와서
급히 사라진 전선주 행렬
역마다
숨소리 다르고
산 내음 다른데
갑작스럽게 다가와
급히 사라진 초가집 행렬

눈떠 멀리 보니
날아가는 장끼와 까투리 한 쌍

푸른 강물 끼고 또 끼고
터널 속 들어 갔다 나왔다

윤병운 시집 · 작은 가슴 큰 사랑

함께 지내온 오랜 벗 경춘선 열차

한 손엔 쌀자루
한 손엔 김치

성동역 내려
전차 타고 버스 타고 자취방으로
꿈 싣고 오갔던 경춘선 열차

"차표 봅시다"
기차 화장실에서 들었던 소리
가슴은
쿵닥 쿵닥 쿵다쿵

그 옛 땅으로 보내주오

*2003. 9. 17

조상 숨결 배어 있는
그 옛 땅으로 날 보내주오

바람 소리, 물 소리, 풀벌레 소리
자연의 소리

사랑 속에
한 몸 이룬
그 땅으로 날 보내주오

혼돈된 질서
뒤섞인 법칙
이기적 사랑

온몸에 닭살 돋는다
혀 바닥에 혓바늘 돋는다

하나님의 큰 사랑 속에서
한 몸 이룬
진정한 자연의 땅으로
날 보내주오

윤병운 시집

작은 가슴 큰 사랑

·

지은이 / 윤병운
펴낸이 / 김재엽
펴낸곳 / 한누리미디어

·

100-845, 서울시 중구 을지로 2가 148-73
신화빌딩 401호
전화 / (02)2278-4513, 2268-4514
팩스 / (02)2268-4524

·

등록 / 제16-467호(1993. 11. 4)

·

초판발행일 / 2004년 6월 30일

·

© 2004 윤병운 Printed in KOREA

·

값 6,000원

E-mail/hannury2003@hanmail.net

·

※잘못된 책은 바꿔드립니다.
※저자와의 협약으로 인지는 생략합니다.

·

ISBN 89-7969-249-8 03810